Kizomba de vento e nuvem

(poemas)

CUTI

Kizomba de vento e nuvem

(poemas)

MAZZA
edições

Capa:
Cuti
(detalhe/desenho: caneta hidrográfica sobre cartão)

Diagramação:
Elizabeth Miranda

Cuti.

C988k Kizomba de vento e nuvem (poemas) /Cuti . – Belo Horizonte : Mazza Edições, 2013.

152 p.;14 cm

ISBN: 978-85-7160-594-7

1. Poesia brasileira. I. Título.

CDD: B869.1
CDU: 821.134.3(81)-1

Mazza Edições Ltda.
Rua Bragança, 101 – Bairro Pompeia – Telefax: (31) 3481-0591
30280-410 Belo Horizonte – MG
e-mail: edmazza@uai.com.br / www.mazzaedicoes.com.br

Impressão e acabamento: Yangraf Gráfica e Editora

À Nete, Eliane e Nora,

pela generosidade com que me acolheram em momento difícil, a minha gratidão e meu profundo afeto.

Sumário

Preto no branco

Afetos e desafetos

Matutando

PRETO NO BRANCO

QUERER

quis esta kizomba
que zomba
chora, ri, faz moganga

esta kizomba
acolhe ou tromba
ginga, tomba, levanta
canta, dança e sua
sua matriz

sede de antigas chagas?
amor
chafariz

quis esta kizomba
escrita a carvão e giz
para o preto no branco
ser mais feliz.

CALÇADA

muita gente dorme na rua
sente ali
o lugar de lixo
vala
herança de senzala

vai virando bicho
bichado de vícios
inércia perante a vida
vítima
de bala
premeditada
de aparência perdida

muita gente
de tanta dor
mente
para si mesma
que já virou morte
outros passam
pensam
"é uma questão de sorte"
cospem
conivência
esmola
e seguem
com a consciência tranquila.

PASSADO

depois que as gotas secaram
o chão ficou encerado
de vermelho

hoje todos dançam no salão escorregadio

quando digo que pisam meu sangue
ainda tem gente imaginando que eu minto
mas a verdade é:
invisíveis
as gotas ainda pingam.

TRISTES TRÓPICOS

depois de escravo
pensei que podia
garantir ao menos
em paz
a comida

o coma veio logo
depois da imensa ferida

desvendar a fera que nos consome e ilude
cravar-lhe os dentes na carne
o que pude

mas ela continua:
bebe sangue
mar
rio
açude.

RESISTÊNCIA

resiste quem age
contra algemas de qualquer quilate

quem pare
no tremor das batalhas
o inusitado
e ressuscita o ideal ancestral
assassinado

quem não dorme quando é sentinela
na espera elabora
arrisca
enfrenta o vazio
inventa estrela
passo e caminho
mesmo que seja
por um fio
sobre o redemoinho

resiste quem não entrega
seu íntimo
ao bandido
e se dividido
reparte-se
para manter seu povo
unido

quem na peleja
também viaja
para seu íntimo

e almeja
com sabedoria e destreza
a liberdade acesa

resiste quem muda para melhor
a tradição
e nova muda espalha
no interior dos espelhos
sem deixar mudas suas dores
e seus projetos de desdobrar os joelhos

quem persiste
silencia se preciso
protege a fala
de se tornar falácia
vício
extrema-unção
elegia do sacrifício

resiste quem se alimenta
de semente
e todo dia brota
quente
mesmo no inverno mais branco
e doente

desiste
quem só assiste
o melhor de si entrega
ao inimigo
e nos presídios
vela

em cela superlotada
de ação acovardada
os próprios sonhos mortos
por inanição.

POEMA DE UTILIDADE PÚBLICA

não xinga a mãe de ninguém
nervos não contém
e nas partes íntimas
já foi esterilizado

testado nos ratos
de gravata
é um candidato certo
a concursos literários

sempre em dia com as metáforas
que açucaram os fatos
adora ser patrocinado
por entidade filantrópica
e receber a benção
do estado

detesta conectivo
quer o nada
se ligando a coisa nenhuma
do morto sem lembrança o vivo
memória diz que é perigo
adora viver na bruma

vassalo de quem tem
a quem não tem só desdém
e sempre propala
poesia é coisa chic

metrificada
de sala
escrita
distante da fala

se ouvir
negro índio homo pobre periferia
todo ele se arrepia
e chama de anomalia

recomendado por professores
vende-se com facilidade
aos incautos
em efemérides
abençoado por padres e pastores

altamente cifrado
polido e branco
mente sem deixar vestígio

ao encontrá-lo
sobre a página
de prestígio
sorria
você está sendo filtrado
no big brother
futuro
presente
passado.

RADICAL I

o ontem passeia no aqui e agora
flor de luz
sorri

o chão reza em sussurros
velas confluindo caminhos
sons de tambor
recriam tímpanos
a paz
estrela no sorriso
de quem não perdeu o senso
a coragem
o sentido
de afrontar o medo
a dor
o perigo

os mortos denunciam outros mortos
e os vivos acordam
para perguntar quem lhes impõe o sono

quando o sol despertar inteiro de nossa miséria
será inútil
coagular estética nas veias do poema
os que chegaram à nossa roda
para apunhalar
a verdade pelas costas

à revelia deles
a dignidade está plantada no peito
pelo amanhã possível.

SEM EXAGERO

quando você é uma ilha
cercada de brancos por todos os lados
claro
o escudo há de ser
dos bem comportados
aquele sorriso

mas, calma!
não precisa arrancar seu dente do siso.

MUTAÇÃO

crioulo cria outro logos
um corcovado de sonhos
a cada cadáver
de irmão assassinado

entre os lábios
crispados gritos
sambam disfarçados
risos

cordeiro
de vez em quando
lobo
baba
bombas

caninos e garras de versos
desde mil e quinhentos
rimam com esse tanto de mar
um furacão disperso

crioulo cria outro logos
berço para o seus loucos
que se arrastam
(e não são poucos)

um corcovado de sonhos
sem pedra falsa no topo.

OCORRÊNCIA

injuriado
branco-mestiço
poema em riste
triste
em sua ascendência direta
de capitão-do-mato
insiste

no desacato
metafórico
eufemístico
concebido na quizila
contra a negrista
quilombola
negro-brasileira
poesia

na roda poema rola
ri
grita
chora
protesta
exalta
consola

dela
o tal faz rinha
espezinha
dá receita
impõe moral

mas das próprias entranhas
à revelia
salta o poema
de pretume aceso
além do bem e do mal

espantado com o reboliço
inusitado aberto dentro
branco-mestiço
toma chá de sumiço
autoesgoto adentro.

CONVOCAÇÃO

entra nesta aeronave sanguínea
para percorrer cósmicos buracos
espaçados por nossa poesia

qualquer falta de ar momentânea
são os vírus da intolerância
te corroendo o peito
ainda!

desliga a cronologia que a tudo justifica
nenhum escravo precisa
de prece
que à liberdade não visa

pregadores da fé nos traíram...
nenhuma catequese nos serve
para o desejo que ferve
e conscientiza

é a vez de sondar
outros sóis
sem o sonho atroz
de deus
branco e feroz
ao infinito vociferando
ameaças contra nós

saímos do bar deles
e embora bêbados de crenças ingeridas
assumimos a caminhada

em busca da lucidez e cura
dessa enorme ferida

saímos para viajar muito
ir longe
resgatar o can algemado
no abismo de cada um
sonhando o paraíso deles
na entrada do orun.

SIRVA-SE

lágrimas abrem enormes bocas
mastigam a lamentação
lambem dos beiços
farelos de esperança

tempo de chorar alegria
bonança
tristeza faz-se alegoria
de escola de samba

nossa risada
mesmo em prantos
vai pondo a história
em pratos limpos

só dizer não basta
este picadinho
temperado com versos
é só amostra

na besta
o primeiro golpe
foi no cachaço
depois
a derradeira pancada
na cabeça

panela fumegante
– venham pra festa!
que miolo de besta

com nosso tempero
todo mundo aposta
coração não contesta
e o tutano dela
sobremesa
na folha de bananeira
todo mundo gosta

salve a liberdade
nossa cozinheira
vestida
com palha da costa!

quando a besta ressuscita
tempero pronto
a cozinheira volta.

INTER-PRETA-AÇÃO

em “a negra”
tarsila arrancou nosso cabelo
(que protestava certamente)
fez um beiço enorme
lembrando o inchaço de históricas porradas
dois olhos rasgados de resignação
e
a teta colossal da mãe preta para todo país mamar...
(menos nós, é claro/escuro!)

em “a negra”
tarsila pincelou silêncio em cima de tumulto
e com o braço sustentou bloqueio
contra o rosto cheio da outra mama
expressão do drama
luta
angústia
chama
que tarsila não soube
ou quem sabe
não quis saber...

CRESPA CANTIGA

meus cabelos condensam vivências que nenhuma
chapinha alisa
sabem segurar os mistérios da ventania
e segredos miúdos
que o tempo encrespou e encaracolou com esmero

não há chapéu que abafe
o axé plantado
por cafunés

minha mãe
sabedora de histórias antigas
pôs um véu de paz na cabeça
para enganar o turista

do coração da gente
varreu a guerra
mas segredou já no útero:
"a luta continua
e a vitória está na serra
da barriga das mulheres".

CAMALEÃO BRASILEIRO

no meio do negro é negro
só tem branco é branco
no meio mestiço misto

pega aqui toma ali
sabonete quiabo
liso mão-leve leva
vantagem em tudo
assumindo nada
a perder de vista

e no limite
– sou cidadão brasileiro
viva a pátria amada
e não sou racista

despista

até que um dia
escorrega na própria baba.

REJEIÇÃO ÀS RAÍZES

casa-grande não reconhece pés na senzala
mesmo quando qualquer presidente branco
rindo amarelo
fala

só reconhece mãos e corações de servir e parir
a poesia-mucama
sorridente e feliz

com seu desdém
só enxerga fulôs
nos horizontes pretos
além de seu quintal.

MELANINA MILITANTE

movimento ... 1978
frente ... 1930
dia nacional da consciência ...

cadernos ... de poesia e contos há mais de 30
lanceiros ... descendentes dos escravizados nos pampas

concursos de beleza ... do ilê
trançados e outros penteados
de cabelo crespo

fórum de performance ...
congresso de pesquisadores ...
e tanto e tanto...

tudo negro!

ao tigre de soyinka
que em conserva de silêncio e medo brinca
adeus
ele nasceu no zoológico
onde saltar
nunca aprendeu.

EVOCAÇÕES, O LIVRO

linguagem na língua dilúvio do som

uivos submarinos
singraram
sangraram pelas *pagináguas*
o rubro de entendimentos múltiplos
entre musgos, planctons, algas
e gritos rítmicos dos lançados ao mar
durante a travessia
e dos que ainda gritam suas rebeldias.

PAI JOÃO

mesmo riso imbecil de sempre
o caricato entre os lábios
riso de quem encolhe o próprio ser
aceita-se como objeto
de acesso fácil

riso de quem faz piada
de si
e se oferece
no atacado
ou varejo
a preço muito barato

riso de bom crioulo
mucama de cama e mesa
riso de negro tolo
que se atola no engodo
branco

riso de faz-de-conta
que está tudo bem
álcool
carnaval
futebol
porém
migalha e no lanho sal
é o que se tem

riso de contra-cotas
dos não-movimento

temendo contágio
riso do rebolado
viver pagando pedágio

riso de apagar negro
em pardo afro-brasileiro
remelexo mulato
no convés de tumbeiro
destruindo o relato
verdadeiro

riso de negro-verde
se querendo podre
antes de ficar maduro

riso idiota
de quem aceita chacota
de branco racista

mas debaixo da bota
por mais que persista
fechar a vista
não embota
por completo
a revolta
a se fazer conquista
à sua revelia.

QUANDO AGORA

hoje meus filhos comem pão
meus amores nutrem-me as mais recônditas paragens
do coração

para os pares: insensato!
furei a bolha senzálica

quilombola e cimarrão
fui para cima dos capitães-do-mato
transformar o veio
em rio
banir o autoflagelo
fazer o fogo
contra o gelo
dos olhos azuis

hoje a casa-grande
até pela boca da senzala
brande seu rancor contra e a manteiga que eu passo no pão
e a minha gravata
bandeira
à beira do abismo
desmentindo-lhe a altura
e seu ilusionismo

pretos bonecos
de ventríloquos brancos
tecem roupas de gala
para discursos que os protejam (na vala)
de travar a luta diária

de tantos palmares
surgidos
pela cidade e pelos rincões

exércitos mamulengos
para capturar
aqueles que furam o cerco
e ameaçam fazer
o antigo sobrado desabar

como exige a regra
há os conformados com seus lugares
à espera da cesta básica de alienação farta
ilusórios salários
futuro servir em lupanares
do poder

agora meus filhos comem pão
que o diabo não amassou
meus amores nutrem-me
do mais salutar calor
mas sei
em sentinela
que não cessou a guerra
e se faltar energia
acendo a vela
e não me iludem
invisíveis grades da cela.

DIASPORÁFRICA

minha áfrica mítica é herança de travessia
pelo mar da morte, da violência, da asfixia

minha áfrica mítica é construção de valentia
do abafado porão ao quilombo que se erguia

ventania de sonhos, segredos de camarinha
agonia desembestada no navio que se avizinha

enguia nadando mistérios no corpo da ladainha
magia de ir vivendo como quem nunca se alinha

sabia: áfrica mítica era somente minha, que saí
com o cérebro e coração dos palmares zumbi

herdei a longa saga a me desafiar na estrada
ousada roda de mártires a se reunir em poesia
queria africanos soubessem dessa trilha semeada
ritmos e saberes que vender não se podia

harmonia não do passado minha áfrica mítica
resistente, bela e presente é quem frutifica
o sonho de liberdade que até hoje na caminhada
cospe no mercador seguindo mesmo enlutada

encantada esta áfrica não é de africana parida
nascida de mulher marítima no meio da travessia
não vendeu e nem vende filhos ou escraviza
dentro dos guetos a revolta prepara e prioriza
áfrica mítica minha de energia deu-me um oceano
por isso quilombola, negro-preto, não sou africano.

IDENTIDADE NACIONAL

entre o negro e o mestiço
passa um ácido rio branco
em meio a um pântano movediço

entre o mestiço e o branco
corre um rio negro
ladeado por pedras cortantes

entre o negro e o branco
passa um rio mestiço
lado a lado matagal espesso
de venenoso espinho

no encontro das águas
delírio das piranhas
hipocrisias risonhas
e sangue
ainda muito sangue
e espanto postiço.

EQUÍVOCOS

negros se casam com brancos
pensam cabelos lisos para os filhos
olhos que sejam claros
mesmo que vazios

brancos se casam com negros
sonham filhos não pálidos
lábios afeitos ao beijo
temem cabelos crespos
e narinas de asas largas

identidades pousadas
sobre o muro
como pássaros condenados pelo olhar do gato
e seu planejado pulo

falta alçar o voo sensato
para dentro
do ancestral comum
vislumbrar a beleza
ainda invisível
a olho nu.

SOLO NEGRO

nem sempre quero ser bando
sumido no coletivo
por minha própria vontade ou a mando

nem sempre quero ser comum
na multidão dissolvido
de amor próprio em jejum

às vezes quero ser eu mesmo
um
na tela, no palco, no texto, no entrecho com o bife inteiro
sem picadinho
do início ao desfecho
único no universo
sozinho

com a minha história pessoal só minha
solidão e pretume agridoces de meus dias em monólogos
e solilóquios da consciência rainha

assim satisfeito
meu singular refeito
in
aí sim
mais forte
serei nós
out
para que a identidade nossa
ninguém assalte.

FERTILIDADE

semente preta
se cai na terra
que se quer branca
estanca
ou germina erva mesquinha
vestida de espinhos

frondosa árvore
frutífera ou florida
se a terra se quer preta e destemida.

SENDA PERVERSA

consolidaram o massacre
melando a senzala com cachaça
depois impondo os bares
para que ajoelhados continuássemos
e a fim de que findássemos
enfiaram bem barato
o crack
pulmão abaixo

e ainda tem militante sem-vergonha
que enche a cara de cerveja
e faz apologia
da maconha!

RELANCE HISTÓRICO

noves fora, negro!
ainda que corra o risco de ser pego
lançado no abismo cego
noves fora, negro!

ainda que mulatos vomitem no prato
o desacato
contra seus antepassados
noves fora, negro!

ainda que um tal tigre silencie suas marcas
para seguir sem ser notado
cabisbaixo para o abate
noves fora, negro!

mesmo que a mortalha
sobre estes versos
invisível seja
ameaça à faca
noves fora, negro!

fome
violência
medo
cachaça, maconha, cocaína, crack,
noves fora, negro!

sobre palafitas
em becos

favelas
cortiços
cotidiano no suplício
a palavra como osso deste ofício
noves fora, negro!

sobre a cabeça
o peso da sacaria
em perene analogia com a escravaria

calos no afago a cabos de foice
enxada
martelo
facão
sufocando a valentia
no coração a rebeldia

andaimes de construções
a morte gesto postiço
sequência de sacrifício
ânsia das ilusões
noves fora, negro!
mesmo que mestiço

o tempo como alívio
olhos da militância
horizonte possível
noves dentro, negro
amanhã colorido.

ESSA GENTE

quando me viram a cara
não me cumprimentam
chegam e saem
sem me dizer palavra
no trânsito me dão fechada
ou se arriscam para me passar a frente
ou mesmo na fila sem rodas
atrás ficam descontentes

quando expressam entre dentes
que não sou inteligente
para ler tantos livros
ou escrever palavras que se vão impressas

quando torcem o nariz
imaginando meu cheiro mau deles
e comentam maravilhas
de seus lisos cabelos
e musas pálidas

reparo que tudo é fachada
de uma gente fechada
engasgada com os fatos
que seus atos são medos
e desapontamentos com o nada
que tanto inventam
de serem raça

o céu de minha bandeira querem
seja reflexo de seus olhos
idem as minhas matas transpirando segredos

ao fim do dia entro
afrouxo a gravata
ligo a luz do aconchego
e rio muito
enquanto retiro
espadas, facas, agulhas e alfinetes
da memória antiga e recente
cada vez mais resiliente.

CLAROS OSCILANTES

nem lá nem cá
o riso irônico
encurralado no templo
da consciência em pânico

ao menor sinal
todo o pelo eriça
de não saber por onde
recusar a ascendência
negra
para afirmar a mestiça

íntimo dilaceramento cediço
sob o manto de silêncio
de querer-se branco
não falar mais nisso
de ancestrais escuros
exigindo compromisso

alvo
dos gritos
assombrando a identidade trêmula
mestiço
entre imaginários extremos
do espectro

medo de feitiço.

MERITOCRACIA

tem mérito
quem jamais teve seu grupo histórico-racial
discriminado
e nunca sofreu *bullying* pela cor de sua pele

tem mérito quem na prova é aprovado
sem jamais ter trabalhado
para se sustentar

quem não sabe e não soube o que é fome
e no próprio país
o exílio social

quem nunca teve leis
impedindo seus antepassados de estudar, trabalhar, sonhar
ter salário e ser proprietário

quem
cujos tataravós receberam terras para plantar
sem qualquer verdadeiro compromisso de pagar

tem mérito quem, assim, é classificado
nos mais variados concursos
com louvor

e qual o mérito de quem tem de lutar contra o contrário
de tudo o que aquele tem a seu favor?

CUSTO OU MALEFÍCIO

sei o quanto custa
sustentar a pose
enquanto o tempo coze nossas dores

e mesmo que o sonho goze
para além dos horrores
que nos cercam
com seus tratores

às vezes a pose vira
overdose
dos mais reprimidos rancores.

ANALOGIANTIGA

quando a sirene berra
penso na serra
da barriga
útero-abrigo
ante o perigo
de tão presente
antigo

quando a sirene se cala
apaziguo-me com meus calos
e penso um alívio
na barriga da serra
aconchegado no umbigo.

BATICINISMO

a magia
se ruim
é negra
se boa
branca

quem deu as cores para a magia?
foi negro
ou branco?

MULATARIA

mulheres também costuram mentiras
para a colcha do sexo
desde a senzala & casa-grande
até seu atual reflexo

da obrigação ao prazer
senhor de escravo
sempre soube
usar martelo e cravo
untados de mel e fel

sinhás também
suas crueldades coroando de amém

antropólogos e historiadores
ainda experimentam orgasmos
com descobertas picantes
de pelourinho fálico
banhado de gritos
e sangue
nas praças
e entre quatro paredes

sal e açúcar
ainda sobre chagas abertas
por este **b**rasil afora
sobrevoado por brancos abutres.

ASSUM PRETO

teriam furado seus olhos
para, assim, cantar melhor
sem assum preto fosse branco
e cantasse bem pior?

que canto é esse
sem nervo
de minha gente de cor escura
ainda cega
para a paisagem
de uma vida futura?

SOBRE O BRILHO

não se deve roubar o brilho das estrelas
especialmente
das pretas

nem destruí-lo
fechando os olhos em sua direção
ato ilusório
o mundo extrapola a configuração do mapa
individual que somos

estrelas não têm brilho próprio
por empréstimo
mas por autocombustão

e as pretas
incorporam imensas
reservas incandescentes de humilhação
e revolta em labaredas e explosões
no fundo mais fundo
do pré-sal sob as feridas

a suavidade delas
também é fogo
de uma ternura concentrada
secular
de cristalizar gemidos
no mais puro sorriso e gozo.
não se rouba o brilho das estrelas
em especial

das pretas
como no passado fizeram
com o leite de tantas tetas.

AÍ, Ó!...

não me venha com tapinhas nas costas
nem precisa comprar livros
como quem dá esmola a poeta

não aceito tuas bostas
nem tampouco tua roleta
com balas de ouro contra minha testa

meu povo dorme
o sono que lhe injetaste nas veias
desmiséria em ânsia de consumo enorme
sonho após sonho em tuas teias

primeiro de maio nos estádios
sorteio
carro do ano como anseio
e no entremeio
genocídio anti-negro
que eu leio
nos teus olhos o projeto
de torturas cheio

não me venha com trejeitos
ofertando facilidades
nem afros cobras mandadas

teus crimes não serão fatalidades
mas hediondos
de lesa-humanidade

teus cálculos subtraem coração de poeta
mas o verso passa por baixo da porta
por fora destranca
deixando-a entreaberta...
alguém do sono
um dia desperta.

MÃOS À OBRA

por que bebum bebe
maconheiro e crackeiro fumam
cocaíno cheira
outros tantos mandam ver nas veias?

ele de braços abertos
cego, surdo, mudo
se vive
não é nas estrelas
nem nas nuvens
mas no bolso dos que
em seu nome
usam e abusam
incluindo os que sugam
o dinheiro público

por isso na crise
a morte como comparsa
sujos trapos de desamor nas costas
crackeiro e maconheiro
trombam na rua a bolsa
cocaíno mete o cano
e outros tantos lesam
o próximo, o distante e os próprios manos

nada é causa de nada
tudo é causa de tudo
toda escravidão
tem senhores do lucro alçando garras no futuro.

MÃE?

áfrica nunca foi mãe
nem ásia, europa, oceania, antártida, américa e a síntese
terra
de escravidões várias
nostalgias da origem que no abismo se encerra
ânsia de quem nasceu nu pondo a língua de fora
a imensidão à espera e um desespero de quem sofreu
despejo

mais velha porque nasceu-nos para a história
áfricaterra
começo das trilhas até os extremos precárias
em busca da estrela que fugiu sorrateira
enganando os otários

filhos somos da única diáspora
a solidão opaca
feito galáxia

áfrica nunca foi mãe
nem ásia, antártida, américa, oceania, europa e a síntese
terra
femininas no léxico masculinas quimeras
aos fetos as dores todas do parto
e o pranto: onde está minha casa?

rebentos lançados fora
a insana luta para não ser lixo cósmico

dá-me a tua mão
no macro espaço
somos órfãos profundamente solitários.

NOTÍCIA

o silêncio aqui é assim
comida azeda
mas tem de comer até o fim
e se vomitar
começar de novo
até se acostumar
a deglutir si-lên-cio
tintim por tintim

aqui na peri
cano é que ronca grosso
e se poesia quiser
cometer qualquer assalto
tem de pedir pro dono da boca
que é machão
e só anda de salto alto

sangue ruim no grito manda no asfalto
sangue bom
calado
saiu fora da pauta
tá fuzilado

o silêncio tá todo dia no cio
e se teve pipoco
pelo ponto
ou qualquer desafio
entre polícia, milícia, um bocado de louco
e de manhã
tiver de pular corpo

viu? não vi!
lei aqui: boca de siri

aqui todo mundo se descontrai
no samba, no funk, no rap, na várzea, igreja,
churrasco na laje e tudo mais
mas se o caroço engrossa
silêncio é quem mais ri
de mim, de ti
e até da playboisada
que atrás do bagulho
chega por aqui

na quebrada
muita cerva, pedra, pó, erva, cachaça
mina que ficou grávida
pelo padrasto
pastor que leva a grana em troca de promessa
alguém que deu facada
de graça
por que time perdeu
e não aguentou palhaçada
marido enciumado que caiu na estrada depois da desgraça
viu? não vi!
silêncio com pimenta
a gente traça

e quando os home chega
pra dar esculacho
quem puder sai na boa pro seu buraco

viu horrores?
não vi!

associação dos moradores?
também tem seus temores
já levou tiro na porta
por conta de torcedores

não fosse assim
busão tivesse horário
lazer pros moleque
esgoto não fosse a céu aberto
nem barraco desabasse
dava pra viver
sem precisar de disfarce
pra não matar e ter fé
cuidar pra não morrer de graça feito mané

aqui é assim
viu? não vi!
cagueta é estorvo
vacilou
tá na boca do corvo

e tem parada
se não é caçador é caça
e aqui sempre rola
preconceito de raça

pronto: a entrevista é de graça.

RACISMO DENTRO

piada
pilhéria
escracho
bronca
esculacho
tudo o que humilha
mesmo com jeitinho
maltrata
contrata a violência
que sequela
ou mata

não se engane
preconceito racial é ódio
do pior jeito
usa máscara
faz trejeito
e no peito
a se comprimir
de rancor e treva
um buquê
coração bomba de raiva
prestes a explodir

a vítima pode ser você.

TRATAMENTO

falta coragem para se pôr o dedo na ferida

muita gente esquece
sem cuidar
chaga não cicatriza

e se lanhou por dentro
qual unguento?

se não se toca
a ferida entoca
do esquecimento faz alimento
e quando volta
desastre
virou um traste
peçonhento
sem respeitar lamento
tritura
envenena
até o último pedaço
e gota
do sangramento.

VERDADE

não minto
omito
a dor demasiada da chaga
perdida no labirinto

– oh, mito! vômito tinto?!
– desculpe o sangue com absinto!

não minto
nem omito
que sinto e sou
retinto.

AFETOS E DESAFETOS

CIRCULO

ódio medo e mágoa
tudo misturado
feito um angu de caroço

assim passo
os dias no poço
fundo de doer pedras

perco a sequência dos passos
circulo
um ponto
de interrogação
que me exclama

alto é o preço que eu pago
pelo trajeto seguido

cego e prisioneiro
do amor vivido
vivo.

METAMORVOZES

quando a tua voz se vai
via satélite adentro
o silêncio que fica
se enche de flores

não mais caminho
levito
até o sol se pôr

depois banho-me em negrume
e de beija-flor
viro vagalume.

NUMAS

suavemente alagado
tudo
de um se dar sem conta
sonhos e toques enlaçados
cafuné crespinho

desabrocha
a flor do silêncio
perfumado carinho
aconchego melado
dentro do ninho.

JOGO DE ESPELHOS

há um sofrimento ao sol
iluminando-te o sorriso
quase sério
sonhos em série
abrindo-se alvos
por entre teus lábios retintos

também exponho
na face iluminada
marfins
luas chorando
por dentro
dores gritando confins.

PARABÉNS

parabéns por meu sol estar hoje
debaixo d'água
de tantas mágoas

deixo um beijo
do jeito que o diabo gosta
e deus goza
um pouco envergonhado

algumas rosas
feitas de uma ternura
sexuada

seja como for
a dor do desencontro
meu faro te persegue
o cheiro
até este fogo
se camuflar por inteiro

mas a brasa
eu sei
vai resistir ao aguaceiro.

TALHO

a fala sujou-se
de anátemas
pânico
nas cordas vocálicas

o grito saiu pela culatra

restou uma fratura de silêncio
enfaixada de remorso.

APAZILHAMENTO

relaxa tuas entranhas
que não entrarei mais em tua casa
não te ameaçarei os espelhos
nem de aparar tuas asas

relaxa tuas entranhas
não há mais perigo
de nenhuma criança

destrava o desejo
e permite que a lava de teu vulcão
escoe todo o cortejo
perdoe-me por te amar
com as ilusões
do realejo.

NUVEM NUA

tudo dormia
meu amor flutuava
serenata amorosa
ao mais alto do céu

quando mudo eu sorria
teu calor suspirava
delícias do mel
alegrias e rosas
de canções melancólicas
acalmando a babel

nossa pele acendia
versos e prosas
melaninas mimosas
novo sol
novo dia
simpatia gulosa.

JARDIMIM

ninguém arrastará consigo
este jardim
com raízes do interior de mim

meretrizes passam com seu apelo de luxo
gesto hábil em busca
de fama, dinheiro fácil
véu, grinalda, ócio
salpicando poções de bruxo

assisto ao desfile
de ofertas e negócios
enquanto sopra o vento
que lhes eleva os panos
e põe à mostra
ambições e orgias
com antigos donos

quando a paisagem se apaga
bebo na minha fonte
com novo traço
refaço o horizonte

serenos chegam os pássaros
à minha janela
e antes que eu conte
acendem-me a vela
e para lua mais bela
refazem-me a ponte.

VIRTUAL SUEXCESSO

na rede
catarata em carícias para a sede
do outro lado da tela
em gygabites de afeto

quando chega
enter: dona de casa
exímia profissional
extremamente ocupada
de serviço até o teto
deleite? deleto!
diálogo? veto!

o que esperar do amor
quem limpa, lava, digita, cozinha, passa
de costas
à pessoa amada?
verão ou invernada?

PERFIL POR UM FIO

o que é para ser dito
não diz
guarda consigo
nos aposentos mais obscuros
da raiz

se for um grito
enterra mais fundo
o dito pelo não dito
engole a explosão das pedras
para evitar com o outro
o atrito

detesta conflito
seu medo sibila
por isso ao silêncio mendiga
o calor do seu abrigo
onde o áspero desprezo
pelo mundo
destila
(seu delito)

sinceridade? não consegue
mil disfarces cria
desdiz o que é patente
na lâmina da ironia
todo impulso de liberar
o que sente: agonia

de vez em quando se intriga
como pode tanta gente

(artistas
loucos
delinquentes)
botar pra fora o que no peito abriga...
enquanto em si
trava
o passo que não mente
de dizer-se sem farsa
completamente

quem dera enfrentar o perigo
de se tornar amante
da vida a que desiste
ante o abismo do outro
a quem fita
pelo retrovisor do seu ego
eremita

o que é para ser dito
acende o alerta: perigo!
e guarda consigo
nas celas escuras
do umbigo
sonhando estar a salvo
da correnteza do rio

– coração, nem um pio!

APELO INOCENTE

minha criança
se cansa
de brincar sozinha

deixa teu peito aberto
para ela ter companhia

por que te trancas
e demoras tanto
enquanto comes
erva daninha!?

DIA D

não sei por quanto tempo ainda
suporto esta dor

se for esta meu carrasco
não posso odiá-la
seu coração cheio de asco
nasceu em um passado
sem jardim florido
paz debaixo do casco

cederei o pescoço
embevecido
esperando o abraço
não a guilhotina
machado
ou afiadas palavras de aço

se não for suicídio
ao amor assumido
teremos dado
nossos passos
antes perdidos.

TESTEMUNHA

juro que sou inocente

não pedi ao peito que te abraçasse o escuro
não encomendei os desejos
tampouco avassaladora coragem para assumi-los

lábios
mamilos
umbigo
mais em baixo
meu sumiço
renascimento
paraíso

juro que sou inocente
ao invés
de olho por olho
dente por dente
olhos nos olhos
bem dentro
do coração
prazer
somente
maçã incandescente

quanto à morte do poema
pela serpente
juro que és inocente.

IMPACTO

choro sozinho esta despedida
de tanto
para um tão somente
indiferente

buraco de novo em volta
outro círculo me cerca
de dúvidas e calafrios
ante o que recomeça
com sutis ameaças

depois chego
bebo néon na praça
sento na tarde gasta
molho meus pés no escuro
dedilho o tempo
encho o peito de ar
puro
enquanto a dor me alcança
e lança-me em seu tumbeiro

embriagado navego sarjeta abaixo
dizendo teu nome
entre as estrelas que saltam
das ondas dos olhos
como golfinhos feridos

na calmaria, apalpo as curvas desta noite preta
inundando o porão do navio
e sei que estou
mais uma vez de amor perdido
coberto de um destino incerto
que me abraça e aperta
com braços de mar aberto.

UM DIA PELO OUTRO

o sangue ferve
o novo estala
nosso primeiro choro
vem fazendo coro
com outro tanto de choro
trovoada
de nossa expulsão primeira
pela brecha molhada

coração em atropelo
atropela toda e qualquer
ternura aventureira

perdão é uma perda grande
uma desilusão ressuscitada?

mágoa é má
e por isso quer
maré de vingança?

nossa criança chora
o abandono
se agita sem sono
até que a noite
estende o peito
e ela aceita a via-láctea
(que o que está feito está feito)
sorri pensando o retorno
ao interior materno
em plausível conceito

amor é útero
sempre acometido de contrações

nascer não é escolha
bolha em que se flutua estoura
dor se intensifica
passageiros criam asas na queda
ou ao vento se vão como folha
ou feito pedra caem (a dor mais rica)

seja lá como for
dentro ninguém fica.

ARDILOSO CONFRONTO

teu silêncio pode ser pranto
terremoto
tsunami

no entanto em teu riso
o que percebo é lâmina
agitada com destreza

estranho ofídico
enrolado sob a mesa
entoando guizos
peçonha acesa

vaivém de desdém
devo enfrentar no combate
o jogo de abre e fecha
enaltece e vexa
dado viciado em tuas mãos hábeis

só não sei o que faço
de teus escorpiões
tão dóceis
e bem armados.

AUTO-RELATO

ensimesmice
como alguém disse
palavra solta
na corrente do verso
enciumado e bruto
reza de terço
que afirmo e tergiverso
brandindo o que é negro
para um branco deserto

tudo de sentimento em volta
revolta de amor contido
na soleira da porta
aberta
com seus limites de pedra

valor lançado na vala
aberta para os mortos
marcados com ferro em brasa
no coração e nas asas

tenta-se amar sem medo
mas o que chega
é raiva que vaza
vai minando as paredes
e a própria
estrutura da casa
tão somente sonhada
freio de mão puxado
em sentimento agitado

trancos tossem barrancos
onde tudo é lançado
cerca de se dar rompida
todo jardim pisado

qualquer apelo é silêncio
de cio violentado
prazer: praia deserta
barco na areia afogado.

INFORMÊUTICA

é possível que eu tenha adoecido
por conta do dardo
lançado em meu umbigo
a partir do riso e do sorriso
tinindo no escuro
de um encontro marcado
depois do enter

é possível

é possível agora
que o lá fora
tenha entrado aqui dentro
revirado tudo
depois de instalado
em meus comandos
seu delírio absurdo

agora colher meus cacos
recompor o hd
reinstalar meus programas
me fazer antivírus
sem dramas.

DESABAFO

o diabo é quando penso tua ausência
e as cores se chocam
ondas nas pedras
pássaros feridos no ar
aviões em combate
fúria colossal

o diabo e sua capa
repleta de magia
promessa
cinismo
e deus satisfeito com as estripulias de seu rival
exerce o sempiterno sadismo

o mais difícil são as gotas do ponteiro
encharcando-me os passos
quando sereno sigo
por este rio seco
para os ermos de mim mesmo
onde guardei
o melhor que me deste
sem saber.

SENTIMENTO ANTIGO

saudade se mistura
na fervura
com tantas ervas estranhas
e nas entranhas
faz das suas

saudade não se calcula
mas inocula
nas veias
flocos de sonhos quebrados
refeitos a caminho do ninho

saudade tem identidade
anciã quando nasce
pode
podar auroras
e morrer feto
em novo parto
ou renascer mais cedo ou mais tarde
na memória do beijo
na arte

saudade pode ter leveza
quando viceja
em campo aberto
mesmo estando
o celular desligado.

ATUALIDADE AMOROSA

hoje o amor faz ioga
estuda inglês
redige tcc
dissertação
tese
pós-tese
e frequentemente escorrega na próxima esquina
deixando apenas
um rastro de cometa
na menina
dos olhos de quem ficou

quase sempre
o amor está em reunião
foi fazer unha e cabelo
aguarda uma consulta
apesar do atropelo
tem aula na academia
está num trabalho urgente
facebooka com zelo
celular frequente
volta e meia email
embica nas horas extras
até tarde da noite
apesar do saco cheio

é comum que arrume as malas
e ofegante saia
coração no horário
da pulsação apressada
para a próxima viagem...

raras são as tréguas
entre calculadoras e réguas
para contemplar a flor
murchando no vaso
pássaro no ar alvejado

no próximo banco saca
o lucro de seu esforço
notas de angústia molhadas
por lágrimas em alvoroço.

DESAMORNIA

meu afago
recebido
como um trago de veneno

foste
sem nenhum aceno

ficou um silêncio
de espinhos pleno
no coração
um dreno
por onde escoam
poemas
de olhos fitos no céu
à procura de vênus.

NAUFRÁGIO E FUGA

nada sobre nada
estrada
estreita
estrangulada

nado sobre nado
cansado
sonho afogado

asa sobre asa
céu em brasa

casa
acaso
dor e prazer no vaso
cálice doce
amargo
dose de ocaso
hélice

vazo...

HERANÇA DE PERSEVERANÇA

rivais a postos
explosões de sarcasmo
e desejo maligno

até aquela de sorriso doce
e amor indigno

armas prontas para o combate
apesar das derrotas
em várias rotas
prossigo

vencer é lutar até
o último combate
sem ceder ao inimigo

todos a postos
general e soldado raso
presto continência
de mim para comigo
e resisto.

CAFUNÉ

cabelos carícias
minúcias
de adensados mistérios
delícias
crespõem-nos
ao simples toque
no âmago
dos mais singelos sonhos.

INTERROGAÇÕES

onde estaria meu coração
se a chuva me permitisse arremessar flores em teu caminho?

onde estaria minha vida
se na caminhada
tivesse havido um beija-flor
que o meu beijo te levasse
à mais íntima dor?

suave desce a lua pela encosta de meus encantos
e planta o infinito
por todos os meus sobressaltos

a meus pés
aves retornam do passado
de lá
onde ficou meu umbigo enterrado

claudicante
horizonte ainda torto
dou meus primeiros novos passos
depois de tanto tempo atado
à zona de conforto
de um lado
à zona de confronto
de outro.

COTIDIANA

é noite.
teu silêncio me dá um coice
a solidão o bote

sangro novela das oito.

CIÚME

herança de antes do antes
quando só a fome
e o medo
determinavam os ânimos

ele ainda vive dizendo “sim”
se arvorando humano
destilando fel
em doses sanguíneas de nosso réptil ancestral

e ocupa todos os dias
dos jornais
a seção policial.

SERENA

esta saudade é saúde amorosa
silêncio florido no peito
música rendada envolvendo
as delícias do leito

rio que passa macio
rolando seixos
nele flutuando
coloridos peixes
entre as nuvens
que se banham
em êxtase

esta saudade
súbita imensidade
abraça-me em suave deleite.

PERVERSIDADE REFINADA

quase me mata
e ainda devo
lhe devolver a faca
em mim cravada
com todas as palavras
de sua lâmina
intactas
a dor e o talho
em detalhes de relatório
o rosto
sem qualquer vestígio de orvalho.

SALVO-CONDUTO

rosário
farofa
charuto
tacho
oração de santo antônio
velas
fotos
bíblia aberta
espada de são jorge cortada
cristais
garrafas de bebida alcoólica
bicho sacrificado
cruz de madeira
ferro
aço
tudo no caminho por onde passo...

energia renovada
depois da cilada
e do massacre
livremente sigo
pela encruzilhada
sem crer em nada.

PROTEÇÃO

pela estrada conturbada
o poesia nos defende
do assalto à mão amada.

ESTADO CRÍTICO

depois da queda
no fundo
toda corda de desculpa
é curta
para me levar à saída acima

de novo no poço
aprender a levantar voo
sobre as mágoas

adoeci e parece que vou morrer...

mas que asas são estas
crescendo-me nas costas
ao amanhecer?

PONTO

nem sempre estarei disponível
a meus afetos
às vezes fico invisível
trajando desertos.

PERSPECTIVA

há remorso no fundo do olhar do carrasco
por saber
que executou um injustiçado

há, no entanto, labaredas no olhar do carrasco
quando sabe que a vítima
não morreu no primeiro golpe

por isso o segundo é mais forte
e se ele não sabe o resultado
ausculta sob o capuz
agachado

se o coração do supliciado
ainda bate
o carrasco pode ter um enfarte.

PASSE DE RAIVA

brutalizado
se brutaliza
nem sempre o faz
com o seu algoz

inocente paga
e sempre pega a pessoa amada
até os gemidos sangrarem paz

brutalizado
se brutaliza
sua manada
entra no círculo
do ódio que satisfaz

se há remorso
se atualiza
e a cada dia
é mais feroz

de seu íntimo o espinho
tirar é incapaz
cresce como uma lança
mata toda esperança
na sua voz

brutalizado que brutaliza
é enforcado nos próprios nós.

COM O PASSAR DO TEMPO

eu tinha medo do silêncio
porque nele
os fantasmas falavam
discutiam
berravam

aprendi:
só queriam compreensão e bondade

agora visto meu silêncio impecável
e vou passear
no centro da cidade.

PALAVRA DE MULHER

salário
vida profissional

personal trainer
garoto de programa
marido de aluguel

vibrador!!!!....

pra que serve namorado, marido, amante
meu senhor?

TRANCA

quando o silêncio é desprezo
com a mesma moeda é pago
bebido no desespero
vira-se logo num trago

quando o silêncio é desprezo
jamais alguém sai ileso
de seu corrosivo estrago.

CONFLÍNTIMO

proteger-te de mim
com todo arsenal contido
foi o estopim
levou-me a feroz motim
e desse sangrento confronto
de mim contra mim
saí por demais ferido
das selvas de meu silêncio
a meu musical jardim

agora o maior perigo
saber não sofrer contigo

hematoma, ferida, fratura
tudo dói durante a cura
e sei que pra certas chagas
não há nenhuma sutura

agora o maior perigo
afora perder teu abrigo
lançar-me à vida futura.

ETERNÚTERO

vinícius e suas ipanemenses pálidas
me desculpem
conteúdo é fundamental

na vera homem quer mulher por dentro
além do trivial
por isso a penetra em busca do encantamento
do gratuito refinamento que se perde no aviltamento
de uma cultura banal

se o vazio é com quem se depara
deságua para cumprir a tara
mas chora em segredo
(que disso homem não fala!)
seu medo
a dama da foice
apontando-lhe o dedo
desde sempre
à espreita
no centro de seu eixo

abismo adentrado
encontrou aconchego
oásis-miragem do primeiro endereço...
desapego:
– pode *mulherizar*-me
eu deixo.

MATUTANDO

ABERTURA

pênsil piro
penso
passo em silêncio
paro e pinço
um pensamento
sob os passos
do sentimento

respiro.

LEMBRANÇA

nos tempos de vovó
raios da tempestade
entravam dentro de casa
ameaçavam os espelhos
e empunhavam os metais contra seus moradores

o deus cabeludo
brandia vinganças
e pelo mais simples pecado
lançava seu cajado

a gente se enrolava
em roxo de quaresma
amordaçava riso
canto
batuque
diminuía a respiração
algemados por nossos próprios rosários

vinham as águas
a tortura das goteiras
e o noticiário dos mortos

na manhã nova
seguiam nas enxurradas
nossos barquinhos de papel
tremulando adeuses
que só nós enxergávamos
como aceno da liberdade.

PASSADAS IMPENSADAS

no princípio era o álcool
uma alegria
a cada dose
num crescendo amargo
circulando o abdômen

doses sobre doses
porres
alívio até nos poros
sorrateira a overdose

assim em fumaça
nuvem injetada
poeira aspirada
minúsculas pedras
queimadas

o almejado cada vez mais longe
horizonte se fechando
a vida entregando os pontos.

DESABRIGADO

não sei se ainda posso
medir esforços contra as mágoas

em minha casa modesta
tudo ficou alagado

versos antigos boiam
esperanças esparsas
em meio a dramas
tragédias, epopeias e farsas

em cima de meu telhado
vislumbro um vazio
tão cheio de nada...
e para o céu
nenhuma escada
ninguém de lá enviado

sem barco
saio a nado.

VIGIADOS

até o riso
precisa de documento
senão a nova polícia
sem dó
arranca-lhe o brilho com sangramento

poema precisa de licença
para vir ao mundo
ou nasce, circula e morre
como um vagabundo

a dor
se mostra a cara ou fala
ouve o berro do dono do circo
e o chicote estala

não bastassem os quartos, banheiro, área, cozinha, sacada
e sala
agora temos microcâmeras
no coração
controlando cada passo
de seu quilombo de sua senzala
suspeitos de rebelião

todo sigilo ilude
no celular, email, site, blog, twitter e face-book

campos de refugiados
no fígado
e no ataúde.

PELAS MARGENS

às margens de mim
sequestros de alma
da intimidade machucada

suntuosos cativeiros
publicamente conhecidos
onde a ração é promessa
e bebe-se *medocidas* altamente potentes

peixe de água funda
suporto
o sal na ferida
a fome de meu começo
a fome de meu fim
o antes e o depois
cultivados no meu jardim

nas esquinas da tristeza
ladrões de alma espreitam
a próxima presa
ferida de fraqueza
para o assalto
à mão armada de dogmas
e se houver reação
disparam
ameaças e pragas
fogo do inferno
julgamento sumário do juízo final
a cada esquina
ladrões de alma espreitam

ansiosos pelo dízimo
servos dos que se autodenominam
pastores, apóstolos, bispos

desonestidade velada
na santa inquisição inspirada
e toda a sorte de espada

a cada esquina há ladrão de alma
fantasiado de fada

paz e religião jamais andarão
de mãos dadas

fanáticos sempre justificam assassinatos
em nome de deus
e, fariseus, pregam a luta armada contra infiéis a ateus.

UTILIDADE

poeta todos querem usar
em palanques
festas
como bobo da corte
tolo inscrito na testa
feito peça de adorno
de vaidades femininas
e insistentes subornos

mas quem estanca o seu sangue
quando jorra
e contesta
tinge as paredes da casa
acaba com o sossego da sesta?

o profeta?

QUANDO...

quando o olho azul da vingança
não mais sangrar a esperança
de um mundo renovado em ternura
primavera e bonança

quando pretos, castanhos e verdes subjugados
deixarem de repetir nublados
olhares de joelhos dobrados
ensinamentos violentos
encartilhados por seus senhores
de atavismos sedentos

quando o primitivo medo do todo
não mais criar deuses, demônios em nossos hormônios
para justificar crimes até hediondos

quando o quando for o agora
nenhum beijo na boca
devorará a língua do outro
apenas vai saborear palavras
levemente doces

o mundo será
como se não fosse.

REVELAÇÃO

ver-se o avesso
no espelho
é de tirar o fôlego
de ego lustroso

quando não é visto
em seu habitat secreto
o avesso é duro
em toda esquina de beco
qualquer reluzir de futuro
agride, violenta, assalta
impondo seu porte
pondo você em apuros
com risco de morte

é de tirar o fôlego
mas é melhor ver
o próprio avesso no espelho
sinistro do que em nós
construímos do outro

avesso
mais leve que a brisa
usa armadura de aço
porta arma pesada
tem pontaria precisa

mesmo sem fôlego
é melhor ver
entre relâmpagos

o próprio avesso
antes que alvoreça
e ele recrudesça.

ALGEMADA FEIRA-LIVRE

escarafunchando a madrugada
caminhões manobram
espancam o silêncio
com o choque das tábuas
conversas se mastigando

cores muito bem amanhecidas
alegrias desabrocham
feira é vida

contudo
há um brancor de luto
3 trilhões de lucro
doenças caras
comuns e raras
pulverizam
imenso terror agrotóxico
sobre os ramos do presente
e do futuro

não bastassem os berrantes
vertiginosamente crescem os crimes silentes
químicas cumulativas
legumes e frutas fora de época
vorazmente trituram nossas entranhas
quando saboreamos
os mais deliciosos pratos
da culinária
desta imensa aranha da mundial ganância
ofensivos agrícolas

venenos do agronegócio
em grande consórcio
de sul a norte...

arrotando o co2 de seus motores
chegam de madrugada
caminhões de todo porte
e seu novo pregão:
feira é morte.

INVENTÁRIO

ainda as crendices e seus golpes
que estonteiam os sentidos
até o imo dos ossos do ofício

palavras como granadas
estilhaços de ódio
e demais resquícios

crentes em deuses e espíritos
brandem
aos gritos
objetos de culto e ritos
anátemas
provérbios
versículos
capítulos
livros
cuspindo fogo
por seus próprios orifícios
no delírio que persiste

seu medo mais íntimo:
deus não existe.

INTERNEUTA

um de mim me abraça
outro me espedaça
um desliza
outro tropeça
e há o que faz trapaça

flores almoçam vasos em esquinas escuras
onde se amam os gatos
miando paixões impuras

quando fujo, me laço
se escapo, me alcanço
se disfarço, vou no meu encalço
pelo faro
saltando tudo o que é muro

não se apaga
a consciência de mim
que a todo senão apuro

meus pelos recosturam a pele
com os nós pelo avesso

de repente escorrego
luto porém me entrego
às ondas de mim
que eu mesmo carrego
até o naufrágio completo
nas praias de meus mistérios.

VORAZES

quase todo mundo obeso
de fritura, refri, queijo

quase todo mundo acima do peso
banha como enfeite
insaciável desejo
por farinha, sal, açúcar
carne, álcool, leite

quase todo mundo sobrando no sobrepeso
de tanto sorvete, chope, cerveja
pizza, pão, bolo, manteiga
hamburguer, fritas, churrasco
macarrão, coxinha, rissoles
mortadela, presunto, linguiça
mussarela, salame, salsicha
panetone, chocolate, chocotone
bolacha, pipoca, salgadinho
tv, sofá, cara de coitadinho
de várias gordurosas doenças doces teso

para frente, para trás, para os lados
todos cheios além da conta
que o corpo pode pagar

fomessede não satisfeita de ser cede
abutres somos vorazes do consumo
adiposa hipocrisia fede
e nosso planeta sem rumo.

SUGESTÕES

durante o dilema é melhor não abrir a porta
entortando a saída
mas escancarar a vida
mesmo a partir da ferida

o vento chegando com seu estabanado jeito
prefira abraçá-lo com um beijo

o sonho abrirá suas brasas
aí o frio da descoberta nova
passa.

DESVANGELHO

cadê a estrela cadente
que te atravessou os dentes
sem quebra sem trinca
parábolas, milagres e sonhos
do céu da tua boca
onde a palavra brinca?

colhes metáforas do tempo
clarões verbais intensos

até que o sermão da montanha
traspassando o calvário
retroceda ao ovário
prenúncio de manjedoura

e, candente, ela, a estrela, se ponha nua
gozando o santo espírito de todas as luas
e acenda nas sendas de cada um
militantes desejos
de ser
rainhas e reis
magos
de um mundo novo
sem os fariseus de todos os povos

assim retorna a estrela
livre de divindades.

INTROVERSO

penduro espelhos pelo quarto escuro
o mais escuro de mim

faísco os olhos
para ver meus rostos
que eu escondi
e neles contemplar
a pretidão
do reverso de mim.

É

ao menor gesto
insinua-se o tropeço
nesta luta
entre o fim e o começo

desejo:
não ao túmulo
sim ao berço.

MODUS VIVENDI

por dentro me lavo com música
e com sorrisos de minhas musas
por fora com água de cheiro
do íntimo de suas grutas
no peito se nasce o deserto
semeio literatura.

SEXO, PODER E PLATÃO DE PLANTÃO

entre o poder e o sexo
submissão é o nexo

chefe e funcionário
rico e pobre
professor e aluno
patrão e empregado
de permeio brinde, presente, jetom, gorjeta, salário

poder, vinho, prazer
quem a mando almeja
bens, prestígio, dinheiro
dignidade e sexo
serve na bandeja
meio alvissareiro
de vencer a peleja...
e seu deus que proteja

e o amor e a liberdade?
amor? ora, veja!
se não é aquilo
é natureza querendo cria
ou gente infectada de poesia
e a outra aqui é grade

por isso, poetas – e a voz explode:
– fora da república!

CAMBALEIO

a ironia de abandonados bêbados
trucida a morte nos dentes
sufoca a vida no bafo
lenta
mente
como o brilho de um sol apagado
viajando no tempo

e quando eles chegam com a ferida exposta
são expulsos da mesa

nas madrugadas
ao relento
a pauladas são mortos
incendiados
prensados por atropelamentos

mas a ironia dos bêbados
sem que ninguém os proteja
é respaldada
em comerciais de cerveja.

SOLMENTE

torto é o medo que faz alarde
nem sempre é tarde
para se abrir a concha
ao vago

tarde é quando se esquece
que o vazio está repleto
e o todo só é completo
contigo
comigo
mesmo no máximo mínimo
da alma que eliminas
elimino

assim iluminas
ilumino.

O AUTOR

Cuti é pseudônimo de **Luiz Silva**. Nasceu em Ourinhos-SP, a 31.10.51. Formou-se em Letras (Português-Francês) na Universidade de São Paulo, em 1980. É Mestre em Teoria da Literatura (1999) e Doutor em Literatura Brasileira (2005), pelo Instituto de Estudos da Linguagem da Unicamp. Foi um dos fundadores e membro do Quilombhoje-Literatura (de 1983 a 1994) e um dos criadores e mantenedores dos Cadernos Negros (de 1978 a 1993), série na qual publicou seus poemas e contos em 34 dos 35 volumes lançados (até 2012). Tem também publicado diversos textos em antologias, incluindo ensaios.

OBRA POÉTICA E FICCIONAL

Poemas da carapinha. São Paulo: Ed. do Autor, 1978; *Batuque de tocaia.* São Paulo: Ed. do Autor, 1982 (poemas); *Suspensão.* São Paulo: Ed. do Autor, 1983 (teatro); *Flash crioulo sobre o sangue e o sonho.* Belo Horizonte: Mazza Edições, 1987 (poemas); *Quizila.* São Paulo: Quilombhoje, 1987 (contos); *A pelada peluda no Largo da Bola.* São Paulo: Editora do Brasil, 1988 (novela juvenil); *Dois nós na noite e outras peças de teatro negro-brasileiro.* São Paulo: Eboh, 1991; 2. ed. Belo Horizonte: Mazza Edições, 2009; *Negros em contos.* Belo Horizonte: Mazza Edições, 1996; *Sanga.* Belo Horizonte: Mazza Edições, 2002 (poemas); *Negroesia.* Belo Horizonte: Mazza Edições, 2007 (poemas); *Contos crespos.* Belo Horizonte: Mazza Edições, 2008 (poemas); *Poemaryprosa.* Belo Horizonte: Mazza Edições, 2009.

PRODUÇÃO ENSAÍSTICA

Um desafio submerso: Evocações, de Cruz e Sousa, e seus aspectos de construção poética. Campinas (SP): Unicamp, 1999 (dissertação de mestrado); *Moreninho, Neguinho, Pretinho*. São Paulo: Terceira Margem, 2009 (Coleção Percepções da Diferença – Negros e Brancos na Escola); *A consciência do impacto nas obras de Cruz e Sousa e de Lima Barreto*. Belo Horizonte: Autêntica, 2009. (tese de doutorado); *Literatura negro-brasileira*. São Paulo: Selo Negro, 2010. (Coleção Consciência em Debate); *Lima Barreto*. São Paulo: Selo Negro, 2011 (Coleção Retratos do Brasil Negro); *Quem tem medo da palavra negro*. Belo Horizonte: Mazza Edições, 2012.

CO-AUTORIA

ALVES, Miriam; XAVIER, Arnaldo; CUTI [Luiz Silva]. *Terramara*. São Paulo: Ed. dos Autores, 1988 (teatro); ASSUMPÇÃO, Carlos de; CUTI [Luiz Silva]. *Quilombo de palavras*. Franca: Estúdio MIX, 1997 (CD - poemas); *...E disse o velho militante José Correia Leite*. São Paulo: Secretaria Municipal de Cultura, 1992; 2. ed. São Paulo: Noovha América, 2007 (memórias); CUTI [Luiz Silva]; FERNANDES, Maria das Dores (Orgs.). *Consciência Negra do Brasil: Os Principais Livros*. Belo Horizonte: Mazza Edições, 2002. (Bibliografia comentada).

Sites:

www.cuti.com.br
www.quilombhoje.com.br
www.letras.ufmg.br/literafro
www.lyrikline.org

ÍNDICE ALFABÉTICO DOS POEMAS

Este livro foi composto em
tipologia Aldine721 BT e impresso
em papel Offset 75g/m^2 (miolo) e
Cartão 250g/m^2 (capa), no mês de
abril de dois mil e treze.